Texte de Sylvi~ ~~~~~~~~~
Illustrations de (

Amé,
un bonbon sur le cœur

la courte échelle

Les éditions de la courte échelle inc.
5243, boul. Saint-Laurent
Montréal (Québec) H2T 1S4
www.courteechelle.com

Consultantes en pédagogie : Marélyne Poulin et Marie-Pascale Lévesque

Révision : Sophie Sainte-Marie

Conception graphique : Kuizin Studio

Dépôt légal, 3e trimestre 2010
Bibliothèque nationale du Québec

La courte échelle reconnaît l'aide financière du gouvernement du Canada par
l'entremise du Fonds du livre du Canada pour ses activités d'édition.
La courte échelle est aussi inscrite au programme de subvention globale du Conseil des Arts
du Canada et reçoit l'appui du gouvernement du Québec par l'intermédiaire de la SODEC.

La courte échelle bénéficie également du Programme de crédit d'impôt pour l'édition
de livres — Gestion SODEC — du gouvernement du Québec.

**Catalogage avant publication de Bibliothèque et Archives nationales du Québec
et Bibliothèque et Archives Canada**

Massicotte, Sylvie

    Amé, un bonbon sur le cœur

    (Collection Première Lecture ; 21)
    Pour enfants de 6 ans et plus.

    ISBN 978-2-89651-209-6

    I. Battuz, Christine. II. Titre. III. Collection : Collection Première Lecture ; 21.

PS8576.A796A64 2010   jC843'.54   C2010-940350-9
PS9576.A796A64 2010

Imprimé en Chine

*À toi et aux personnes
que tu portes dans ton cœur.*

À la découverte des personnages

Amé

Il a des bonbons dans la bouche.
Il dit son nom : Amé.
Avec ses doigts, il montre six et
demi.
Il aura bientôt sept ans.

La petite sœur d'Amé

Il y a des étoiles dans ses yeux.
Son regard brille quand on lui
raconte des histoires.

À la découverte de l'histoire

Chapitre 1

Par un beau lundi, dans le parc de
la rue Longue, les oiseaux chantent.
Au loin, des enfants font la ronde.
Ils s'amusent. C'est beau !

Sous un arbre, Cabot-Cadeau
ronfle.

— Tu es un beau chien, lui dit Amé
en tournant une page de son livre.

Amé lit une histoire à sa petite
sœur. Elle est contente. La langue
rose de Cabot-Cadeau retombe
sur sa robe.

Une jolie fillette aux cheveux très
noirs approche avec un grand
chien. Elle s'arrête devant Amé,
sa petite sœur et Cabot-Cadeau.

Le grand chien s'assoit. Il regarde
sa maîtresse. Amé la regarde aussi.

Amé demande :

— Comment t'appelles-tu ?

— Avril. Et mon chien s'appelle
Quelque-Chose.

Avril donne un bonbon à Quelque-
Chose. Amé ne savait pas qu'il
existait des bonbons pour les
chiens. Sa petite sœur non plus.
Cabot-Cadeau non plus.

Chapitre 2

Par un beau mardi, dans le parc de
la rue Longue, les oiseaux chantent.
Au loin, des enfants se lancent un
ballon bleu. Ils s'amusent. C'est beau !

Sous un arbre, Amé a lu deux
histoires à sa petite sœur. Elle est
contente. Maintenant, elle veut
rentrer à la maison, mais son frère
n'a pas envie de partir.

Amé préfère jouer à la balle
avec Cabot-Cadeau. C'est comme
s'il attendait quelqu'un ou
quelque chose...

Avril arrive avec son grand chien.
Amé lâche la balle. La balle roule.
La jolie fillette l'attrape et la lance
à Cabot-Cadeau.

Amé dit à Avril :

— Ton grand chien est très beau.

Elle lui explique :

— Quelque-Chose est un caniche royal.

Quelque-Chose croise ses pattes de devant. Il est fier. Amé le regarde, mais il voit seulement Avril avec ses beaux cheveux noirs.

Cabot-Cadeau s'est couché comme
le grand chien, sauf qu'il n'a pas
croisé ses pattes de devant. Il a
posé son museau sur sa balle. Ses
yeux sont tristes.

Avril demande si elle peut donner
un bonbon pour chiens à Cabot-
Cadeau. Amé et sa petite sœur
s'interrogent du regard.

Ils répondent en chœur :
— Oui, bien sûr !
Avril tend le bonbon à Cabot-
Cadeau. Le chien est content.

Chapitre 3

C'est mercredi et il pleut sur le parc de la rue Longue. Les oiseaux ne chantent pas. Il n'y a pas d'enfants qui jouent.

À la fenêtre de la maison, Amé attend. Il a lu trois histoires à sa petite sœur. Elle en veut une autre, mais il n'écoute plus... Il regarde le parc sous la pluie. Cabot-Cadeau dort à ses pieds.

Le cœur d'Amé se serre. Il n'a pas
avalé de bonbon, mais c'est comme
s'il avait un bonbon sur le cœur.
Il s'ennuie de quelqu'un et de
quelque chose...

Amé n'aime pas ce jour de pluie.
Maman et papa disent que la pluie,
c'est bon pour les arbres, le gazon
et les fleurs. C'est bon pour le parc
de la rue Longue.

Amé entend bien ce que ses parents
racontent, mais il continue de
sentir un bonbon sur son cœur.

Chapitre 4

Par un beau jeudi, dans le parc de
la rue Longue, les oiseaux chantent.
Il y a du soleil et du vent.
Au loin, des enfants jouent au
cerf-volant. C'est beau !

Sous un arbre, Amé lit quatre histoires à sa petite sœur. Elle n'en veut plus d'autres. Elle désire rentrer à la maison, mais...

Cabot-Cadeau attend quelque chose.
Amé attend quelqu'un.

Avril s'approche avec son grand
Quelque-Chose. Amé est heureux.
Cabot-Cadeau aussi. Il donne la
patte à Avril. Quelque-Chose donne
la patte à Amé.

Dans la main d'Avril, Amé dépose
un bonbon. Il dit :
— Ce n'est pas pour les chiens.
Avril mange le bonbon.
Elle murmure :
— C'est bon.
Elle remercie Amé.

Amé n'a plus de bonbon sur le cœur.
Avril et lui sont contents. Leur cœur
bat fort. Cabot-Cadeau et Quelque-
Chose aussi sont contents. Leur
queue bat fort.

La petite sœur sourit. Elle a
tout compris !

Glossaire

Avoir le cœur serré : Se sentir triste.

Caniche royal : Grand chien à poils bouclés.

En chœur : Ensemble, en même temps.

S'interroger du regard : Se regarder avec des yeux remplis de questions.

À la découverte des jeux

Nom d'un chien !

Crée une liste des meilleurs prénoms de chien que tu trouves. Propose-la à quelqu'un qui adoptera bientôt un chien.

Il était une fois...

Amé lit des histoires à sa sœur. Aimerais-tu lire une histoire à un plus petit que toi ? Compose une histoire et illustre-la.

Découvre d'autres activités au www.courteechelle.com

Table des matières